AF495325

DISCOURS
D'UN NEGRE
A UN EUROPÉEN.

PIECE

QUI A CONCOURU POUR LE PRIX
de l'Académie Françoise, en 1775.

Par M. DOIGNI.

O miseras hominum mentes! O pectora cœca! LUCRECE.

A PARIS,

Chez DEMONVILLE, Imprimeur-Libraire de l'Académie
Françoise, rue S. Severin, aux Armes de Dombes.

M. DCC. LXXV.

Le fujet de cette Pièce, dont l'Académie Françoife a fait une mention honorable le jour de fa Séance publique, a intéreffé des Sages : il doit intéreffer tous les hommes. On peut plaider aujourd'hui, fans rien craindre, la caufe de fes femblables. Nous ne fommes plus, grâces aux lumières, dans ces temps malheureux, où la fcience des devoirs de l'homme étoit reléguée dans les Ecoles ; la Philofophie eft fortie de la pouffière des bancs, & fes grandes leçons ont été confacrées par de grands bienfaits.

A ij

L'homme fenfible & éclairé ne concevra jamais par quel abus de la force une efpèce femblable à la fienne a été dégradée au point de ne plus penfer, de ne plus fentir, de ne plus agir qu'au gré des volontés d'un tyran, qui, avec de l'or, achète ce droit infernal. Le Nègre, ftupide à force de fouffrances & d'humiliations, conferve à peine le fentiment de fon exiftence. Il a tout perdu, en perdant fa liberté ; l'horreur de fa fituation fe communique à tout ce qui l'approche ; fon induftrie meurt dans fa fervitude, & fes fueurs femblent rendre encore plus ftérile le fol qu'on lui donne à défricher.

Comment l'immortel Auteur de l'*Efprit des Loix* a-t-il pu négliger le plus bel épifode de fon Ouvrage ? Etoit-ce dans quelques lignes jettées qu'il pouvoit remonter à la cause de l'avilissement du Nègre, redemander sa liberté à l'oppression, & faire frémir le Sibarite, dont la sensualité meurtrière épuise le luxe d'un autre Monde au prix du sang de tant de malheureux ? L'Historien *du Commerce des Européens*, a réparé les torts de *Montesquieu* ; j'ai vingt fois arrosé de mes larmes le Plaidoyer-attendrissant, où l'Historien-Philosophe venge l'humanité avec tant de courage ; qu'il me pardonne de m'être enrichi de ses idées : ses sentimens étoient dans mon cœur. Voilà les sources où doit puiser la Poësie. Elle a parlé jusqu'à présent le langage des Dieux ; il est temps qu'elle parle le langage des Hommes.

A iij

DISCOURS

D'UN NEGRE A UN EUROPÉEN.

Tu viens de m'acheter : mais je n'ai pu me vendre.

Dans tes fers, de moi seul tu me verras dépendre.

Tu trahis la nature, & moi j'entends sa voix,

Qui, mieux qu'en tes cités, nous crie au fond des bois

Que l'homme libre & fier, armé de son courage,

Doit toujours préférer la mort à l'esclavage.

Suis-je avec des humains ? Dans un désert jetté,

Où reposer, hélas ! mon œil épouvanté ? . . .

O Ciel ! j'ai tout perdu : je ne vois point mon père ! . . .

Mes enfans . . . où sont-ils ? Qu'a-t-on fait de leur mère ?

Barbare ! laisse-moi me jetter dans leurs bras,

Les embrasser encore . . . . & je marche au trépas.

A iv

Le trépas ! Qu'ai-je dit ? il faut traîner ma vie
Au sein de l'infortune, au sein de l'infamie !
Avide de mon sang, altéré de mes pleurs,
Tu calcules déjà le prix de mes sueurs.
Maître de mes destins & de mon existence,
Réponds ! qui t'a donné cette affreuse puissance ?
Je suis ton bien, dis-tu ? tu me cites tes loix !
Tes loix ont-elles pu me priver de mes droits ?
Tes loix ont-elles pu m'ôter mon caractère,
Et te faire oublier que je suis né ton frère ?
Ces exécrables loix, armes de l'oppresseur,
N'ont jamais existé qu'en ton barbare cœur.

Si sous le même joug osant courber ta tête,
Je t'avois regardé comme un bien de conquête,
On t'eût vu réclamer contre ma cruauté
Le tribunal du Ciel & de l'humanité.
Ce tribunal, ouvert aux cris du misérable,
Est fermé pour moi seul, quand ton pouvoir m'ac-
      cable !
Penses-tu par l'orgueil m'inspirer de l'effroi ?
La terre, avec ses fruits, m'appartient comme à toi ;
Quoiqu'un monde tremblant te serve & te renomme,
Je me crois ton égal, je le suis.... je suis homme.

Ton Dieu t'a proclamé le Roi de l'Univers !

Armé de son pouvoir, tu m'apportes des fers

Si ce Dieu, quel qu'il soit, qui voit ton brigandage,

Reçoit à ses autels tes vœux & ton hommage ,

Je ne le connois point à ces horribles traits.

Ton Dieu ! . . . c'est ton complice, il permet tes

   forfaits.

  Périsse l'Univers , que sans cesse on opprime,

Où la force est un droit & la foiblesse un crime ;

Où le sang des humains, vendu par leurs égaux,

Répandu goutte à goutte abreuve nos bourreaux !

Qu'en nous rendant nos droits la tombe nous ras-

   semble.

Esclaves, oppresseurs, expirons tous ensemble ;

Que la destruction de ce séjour d'horreur

A tous les malheureux offre un jour de bonheur.

  Eh bien ! tu disois vrai, tu n'es point mon sem-

   blable ;

Tu n'es, à mes regards, qu'un monstre impitoyable,

Féroce de sang-froid , qu'on doit plus abhorrer

Que le tigre cruel qui naît pour dévorer.

Du moins ne te plains pas, si, marchant sur ta trace,

Ma vengeance t'imite & même te surpasse ;

Sans doute nous devons des vertus aux bienfaits ;

Mais à nos deſtructeurs nous devons des forfaits.

Tu prétends m'opprimer, je ſaurai me défendre ;

J'ai droit de tout oſer & de tout entreprendre ,

Je veux juſqu'en ton cœur chercher ma liberté ,

Dans ton ſang répandu tarir ta cruauté.

Je le veux ; j'armerai contre la tyrannie

La ſourde trahiſon, l'infame perfidie.

Oui, je m'affranchirai, malgré tous tes efforts ,

De ce joug que je traîne, & du frein que je mords.

L'Eſclave, qu'enhardit le tranſport de la haine ,

Devient ſouvent plus fort que celui qui l'enchaîne ;

Le déſeſpoir l'inſtruit au crime de tes arts ,

Et de ſes fers briſés il forge des poignards.

D'Africains ſoulevés une foule héroïque

Fait déjà retentir les forêts d'Amérique

Du cri de la vengeance & de la liberté.

Ils marchent : rien n'arrête un courage irrité.

Point de pardon pour vous : tremblez, Maîtres bar-
        bares !

Prodigues de leur ſang, de leur bonheur avares ,

Terribles, s'élançant du fond de leurs déſerts ,

Ils vont par un ſeul coup terminer nos revers,

Et vous redemander leurs mères & leurs femmes,
Inſtrumens méprifés de vos plaifirs infames.
Cent mille malheureux, courbés fous les travaux,
A leur puiſſante voix deviendront des Héros;
Ils leur tendent les bras, ils brûlent de les fuivre,
Fatigués de l'opprobre & du tourment de vivre.
    Combien nous gémiſſons fur ces coupables
        bords,
Qui, pour notre malheur, produifent des tréfors !
Sous la verge de fer d'un conducteur terrible,
Et que nos hurlemens rendent plus inflexible,
Nous marchons, attelés comme de vils troupeaux
Au char humiliant des auteurs de nos maux;
Enfermés dans le fein des plus profonds abymes,
Nous cherchons ces métaux, ces alimens des crimes
Que l'orgueilleufe Europe a bientôt épuifés,
En infultant aux pleurs dont ils font arrofés.
D'un air lourd & brûlant le fouffle nous dévore.
Nous mourons mille fois, & nous vivons encore.
A peine pouvons-nous maudire notre fort :
On nous ôte le droit de nous donner la mort;
Et loin de confoler, d'adoucir nos mifères,
Nos femmes, dans les pleurs, gémiſſent d'être mères,

Au berceau, par pitié, raviffent nos enfans,
Leur prodiguent la mort dans leurs embraffemens,
Ou déchirent, bravant le Maître qui nous brave,
Les flancs infortunés qui portoient un Efclave.

Ce tableau douloureux de l'homme humilié,
Des cœurs compatiffans excite la pitié.
Mais, toi, ne nous plains pas : ce feroit un outrage;
Toi, qui veux fur la terre étendre l'efclavage ;
Toi, qui nous affervis à tes honteux penchans ;
Toi, qui nous as forcés d'être fourbes, méchans.

Ah ! dans nos champs heureux, dans ces vaftes
contrées ,
Des regards du Soleil en tous temps honorées,
Nous connoiffons les loix de l'hofpitalité,
Les droits de l'innocence & de l'adverfité,
Et ces plaifirs du cœur, cette volupté pure ,
Qu'on ne goûta jamais qu'au fein de la nature.
De nos ames de feu fortent ces paffions ,
Ces mobiles puiffans des grandes actions,
Par qui l'homme agité d'un fentiment fublime,
A fes propres regards s'ennoblit & s'eftime.

Lâches Européens, d'opprobres revêtus ,
Baiffez, baiffez les yeux à l'afpect des vertus !

Ah ! ne nous vantez plus vos orgueilleufes villes,
De la corruption contagieux afiles,
Prifons, où pour ramper on cherche à s'enfermer,
Où l'or contraint, dit-on, de haïr & d'aimer,
Où l'homme, s'égarant dans de fauffes délices,
Sans ceffe cherche l'homme, & lui donne fes vices.
Confervez, j'y confens, vos coupables erreurs ;
Mais gardant pour vous feuls ces poifons deftrut-
        teurs,
Ne nous infectez point de votre haleine impure
Sur ces bords innocens où règne la nature.

    Quand l'orgueil, l'avarice, en marchant devant toi,
Forcèrent l'Océan d'obéir à ta loi ;
Lorfqu'ofant apporter un pouvoir tyrannique,
Tu vins me marchander dans les fables d'Afrique ;
Hélas ! tu vis mon père au bord de fon tombeau,
Qui careffoit mes fils, penché fur leur berceau ;
Tu vis ma jeune époufe, adorant fon ouvrage,
Des pleurs de la nature inonder mon vifage.
Eh bien ! tigre ! il falloit leur déchirer les flancs ;
Il falloit me jetter fur leurs corps tout fanglans.
Cet horrible forfait, digne de ta furie,
De la honte du moins n'eût point fouillé ma vie.

Ah ! c'en eſt trop : un jour... un jour, j'en crois
mon cœur,

L'Europe enfin verra s'éclipſer ſa ſplendeur,

Et tomber de ſa main, en forfaits ſi féconde,

Ce ſceptre deſtructeur qui pèſe ſur le monde.

La ſource des tréſors par elle accumulés,

Plus pure, coulera ſur nos bord conſolés,

Et par la liberté l'Afrique couronnée,

A vous aſſujettir à ſon tour deſtinée,

Vous rendra tous les maux que nous avons ſoufferts,

Et vous accablera du poids des mêmes fers...

Faut-il donc n'exhaler que les vœux de la haine ?

C'eſt à l'humanité de briſer notre chaîne.

Que dis-je ? O doux eſpoir pour tant de malheureux !

Des cœurs compatiſſans s'ouvrent encor pour eux.

Dans une terre heureuſe *, à la paix conſacrée,

---

* On ſait que les ſages Habitans de la Penſilvanie, qui,
avec les mœurs de l'âge d'or, en réaliſent le bonheur,
ont rendu la liberté à leurs Eſclaves. Ils penſent que tous
les hommes doivent être égaux. Quelle morale ſublime !
Puiſſe ce grand trait de bienfaiſance, conſacré dans ce
foible Ouvrage, être à jamais conſervé dans les faſtes de
l'humanité !

Qui des hommes pervers femble être féparée,

On dit qu'un Peuple jufte & fenfible à la fois,

Gouverné par les mœurs bien plus que par les loix,

A rougi d'être libre, en voyant des Efclaves ;

Il veut que fes bienfaits foient leurs feules entraves ;

Il va nous recevoir, volons tous dans fon fein.

Allons couvrir de pleurs fa fraternelle main ;

Il nous fera permis de fentir qui nous fommes,

Et nous pourrons enfin redevenir des hommes.

Lu & approuvé, à Paris, ce 25 Août 1775. *COQUELEY DE CHAUSSEPIERRE, pour M. CRÉBILLON.*

Vu l'Approbation, permis d'imprimer, ce 28 Août 1775.
ALBERT.